|XS|

Marx' zu Tode zitiertes Bonmot, man müsse den Verhältnissen ihre eigene Melodie vorspielen, um sie zum Tanzen zu bringen – in Clemens Schittkos Gedichten fände es einmal seine Erfüllung.
Im manischen Ordnen der Dinge wird ihre Ordnung brüchig, in der Entleerung der Phrasen und Begriffe – durch Wiederholung, Variation, Rhythmisierung – tritt ihre versteckte Bedeutung hervor. Doch Schittkos Montage-Methode entstellt die Phrasenhaftigkeit der Welt nicht nur ideologiekritisch zur Kenntlichkeit, sondern setzt auch ihre unfreiwillige, groteske Komik frei.

Clemens Schittko, geboren 1978 in Berlin (Ost).
Ausgebildeter Gebäudereiniger und Verlagskaufmann. Arbeitete u.a. als Fensterputzer, Kirchwart, Gärtner, Empfangskraft, Lektor und Lagerarbeiter. Zahlreiche Veröffentlichungen als Lyriker.
Er lebt in Berlin-Friedrichshain.

Clemens Schittko

Artaud ist tot

XS-Verlag

1. Auflage 2022

Satz: Silberstein Produktion
Umschlagentwurf: Jenny Dam
Druck: CPI
Printed in Germany

ISBN 978-3-944503-20-2

Unverständlichkeit ist noch lange kein Beweis
für tiefe Gedanken.

Marcel Reich-Ranicki

Artaud ist tot

Artaud ist tot
und O'Hara ist tot
Brinkmann ist tot
und Pasolini ist auch tot
Brautigan ist tot
und ebenfalls tot ist Fauser
Flanzendörfer ist tot
und Baader Holst ist tot
aber auch Schwab ist tot
und vergessen wir nicht Bukowski
ja, vergessen wir nicht Bukowski
denn Bukowski ist auch tot
so, wie Cioran tot ist
aber auch Müller ist tot
und ebenfalls tot ist Ginsberg
aber nicht nur Ginsberg ist tot,
sondern tot ist auch Burroughs
alle sind irgendwie tot,
sodass man sich fragt,
ob überhaupt noch jemand
am Leben ist
aber es ist noch jemand
am Leben
wie könnten wir sonst
zur Kenntnis nehmen,

wer alles tot ist?
Kathy Acker ist tot
und Dieter Roth ist tot
Sarah Kane ist tot
und tot sind auch
die Gebrüder Brasch
die Gebrüder Brasch
sind auch tot
die Gebrüder Brasch …
das sind Peter und Thomas
aber auch Kling ist tot
und ebenfalls tot ist Hilbig
darüber hinaus ist Hübsch tot
und Zahl ist natürlich auch tot
aber was heißt schon »natürlich«?
»natürlich« ist eigentlich nur das Leben
aber um das Leben geht es hier nicht
es geht hier ausschließlich um den Tod
genauer gesagt um die Toten
und deshalb sage ich,
dass auch Böhmer tot ist
ja, Böhmer ist auch tot
es sind fast ausnahmslos Männer,
die tot sind
wenigstens in dieser Hinsicht
scheinen Frauen einmal
Glück gehabt zu haben

denn wer will schon gerne tot sein?
ich jedenfalls nicht!
denn ich könnte sonst nicht sagen,
dass auch Ploog tot ist
und dass Ferlinghetti auch tot ist
doch gleiches trifft ebenso
auf Achternbusch zu,
der, so muss man es leider sagen,
auch tot ist
ja, so ist das mit den Toten
alle scheinen irgendwie
tot zu sein
und gestorben sind sie alle,
damit wir leben können
im Übrigen ist Artaud auch tot
aber das sagte ich ja bereits
(siehe Anfang)
aber man kann es eigentlich
nicht oft genug sagen
und deshalb sage ich es noch einmal:
Artaud ist tot

Freude über das Nichtsein

ich bin ein völlig
unbedeutender Autor

für den Literaturbetrieb
existiere ich noch nicht einmal

doch was nicht existiert,
muss auch nicht sterben

und so erspare ich mir
einiges an Leid

Versuch eines Selbstporträts

woher kommt nur dieser Ekel vor der Scheiße?
warum ekeln wir uns nicht vor uns selbst?
denn die Scheiße befindet sich in uns
in unserem Darm wird sie produziert
und unser Darm scheidet sie aus
wir bestehen quasi aus Scheiße
man könnte aber auch sagen:
wir sind Scheiße
Scheiße sind wir

die Rationen des Nein

man kann nicht NICHT leben
es sei denn, man ist tot
und wenn man tot ist,
dann ist man wirklich tot
es sei denn, man lebt doch
und wenn man doch lebt,
dann lebt man halt
es sei denn, man lebt nicht
man kann aber nicht NICHT leben
nein, nicht leben kann man nicht

die Leute

wenn ich die Leute schon sehe
wie sie kommen oder gehen
oder auch bleiben
und nicht mehr gehen
sondern einfach nur
so herumstehen
oder dasitzen
und warten
oder noch nicht einmal warten
sondern einfach nur nichts tun
so als würde es
um etwas gehen
und alles hätte
eine Bedeutung
einen Sinn
obwohl es um nichts geht
und nichts
eine Bedeutung hat
einen Sinn
aber so ist das eben mit den Leuten
die kommen oder gehen
oder auch bleiben
und nicht mehr gehen
sondern einfach nur
so herumstehen

oder dasitzen
und warten
oder noch nicht einmal warten
sondern einfach nur nichts tun
so als wären die Leute schon tot
oder der Tod an sich
aber die Leute sind noch nicht tot
und der Tod sind sie erst recht nicht
sonst könnte ich die Leute ja nicht sehen
wie sie kommen oder gehen
oder auch bleiben
und nicht mehr gehen
sondern einfach nur
so herumstehen
oder dasitzen
und warten
oder noch nicht einmal warten
sondern einfach nur nichts tun
sofern es überhaupt möglich ist
nichts zu tun
denn nichts ist schließlich auch etwas
und etwas ist nicht nichts
zumal die Leute ja auch leben
sie leben, um zu sterben
doch wenn ich die Leute schon sehe
denke ich, sie sind bereits tot

Arbeitsnachweis II

ich liege
auf dem Bett
und schreibe

sodass jeder
sagen kann:
ich liege
auf dem Bett
und schreibe

und keiner
sagen kann:
ich liege
auf dem Bett
und schlafe

denn ich liege
auf dem Bett
und schreibe

und schlafe nicht
und schlafe nicht

Klassengesellschaft

die einen sagen »bitte«
die anderen sagen »gerne«
und wieder andere sagen gar nichts

noch ein Gedicht

noch ein Gedicht
und noch eins
und noch eins
und noch eins
es hört gar nicht mehr auf
nein, es fängt jetzt erst so richtig an
und es geht weiter
immer weiter, immer weiter
das wusste schon ein Fußballspieler zu sagen
und wenn das schon ein Fußballspieler sagen kann,
dann weiß es im Endeffekt jeder
man muss es ja noch nicht einmal aussprechen
es reicht aus, wenn man darum weiß
und deshalb fordere ich hier und jetzt …
noch ein Gedicht
und noch eins
und noch eins
und noch eins
es hört – wie gesagt – gar nicht mehr auf
nein, es fängt jetzt erst so richtig an
je gleichgültiger sich die Leute geben,
umso mehr muss man ihnen Gedichte in den Arsch
schieben
bis sie irgendwann nicht mehr können
und sie die Gedichte auskotzen müssen

das ganze nennt sich Kopremesis
denn wir wollen doch irgendwie wissenschaftlich bleiben
denn solange es wissenschaftlich zugeht,
kann man mit den Leuten alles machen
also noch ein Gedicht
und noch eins
und noch eins
und noch eins
es hört – wie gesagt – gar nicht mehr auf
nein, es fängt jetzt erst so richtig an
es kann gar nicht genug Gedichte geben,
bis die Leute endlich begreifen,
dass es ohne Gedichte nun mal nicht geht
denn nur Gedichte werden die Rettung bringen
alles andere hat bisher nur in den Tod geführt
aber Gedichte werden den Tod bezwingen
und alles andere gleich mit
wir brauchen also noch viel mehr Gedichte
das heißt: noch ein Gedicht
und noch eins
und noch eins
und noch eins
es hört – wie gesagt – gar nicht mehr auf
nein, es fängt jetzt erst so richtig an
es kann einem dabei eigentlich nur schwindlig werden
oder es wird einem dabei sogar richtig schlecht
am Ende bleibt dann nur noch die Bewusstlosigkeit

aber dann hat man es wenigstens verstanden
Gedichte lehnt man weder ab
noch ignoriert man sie
und wer es dennoch tut, ist selber schuld
nicht nur Dummheit, auch Ignoranz muss bestraft werden
und zwar mit noch einem Gedicht
und noch einem
und noch einem
und noch einem
es hört überhaupt nicht mehr auf
nein, es fängt jetzt erst so richtig an
die Leute sollen gefälligst in Gedichten ertrinken
der Meeresspiegel steigt ja sowieso an
ob man dann so oder so stirbt, ist dann auch egal
und so ein poetischer Tod hat schon was
selbst die Bildzeitung würde dann Gedichte drucken
und man wäre mit einem Mal berühmt
all das jahrelange Netzwerken hätte dann ein Ende
man könnte es auch Klüngelei nennen
und dagegen hilft dann nur noch ein Gedicht
und noch eins
und noch eins
und noch eins

Ein Mainstream-Gedicht

Augen
Augen und Licht

Licht
Licht und Hände

Augen
Augen und Hände

Augen und Licht und Hände und
(…) Wind

Rolf Dieter Brinkmann hätte das Rolf-Dieter-Brinkmann-Stipendium nie erhalten

Rolf Dieter Brinkmann hätte
das Rolf-Dieter-Brinkmann-Stipendium nie erhalten.
Er hätte sich aber auch gar nicht erst darum beworben.
Er hätte weder einen Bewerbungsbogen
(analog als unterschriebenes Original und digital als PDF)
noch aussagekräftige Arbeitsproben eingereicht.
Er hätte diese Unterlagen (keine Originale)
weder mit seinem Namen versehen,
noch hätten diese Unterlagen
einen Einblick in sein literarisches Schaffen
der letzten drei, vier Jahre ermöglicht.
Als Arbeitsproben hätte Brinkmann nicht
max. zwei Manuskripte (jeweils max. 30 Seiten)
oder max. zwei Bücher eingereicht.
Die Manuskripte hätte er auch nicht als PDF vorgelegt.
Er hätte keine der Dateien auf einem USB-Stick eingereicht
und folgendermaßen beschriftet:
Name, Vorname – Titel bzw. Dokumentenname
(Bewerbungsbogen, Lebenslauf, Werkverzeichnis etc.).
Darüber hinaus hätte er im Falle einer digitalen Einreichung
nicht noch zusätzlich einen Ausdruck der jeweiligen Datei
abgegeben.
Und selbst wenn Brinkmann ausschließlich
analoge Arbeitsproben vorgelegt hätte,

hätte er von diesen Arbeitsproben
nicht noch jeweils vier Exemplare eingereicht.
Nein, das hätte er nicht getan.
Denn Rolf Dieter Brinkmann hätte
das Rolf-Dieter-Brinkmann-Stipendium
sowieso nicht erhalten.
Er hätte sich aber auch gar nicht erst darum beworben.

Sex

warum eigentlich nicht?
andere tun es doch auch
und irgendetwas muss man ja auch tun
man kann ja nicht nur den ganzen Tag zu Hause herumsitzen
dann kann man sich auch gleich umbringen
aber dann kann man gar nichts mehr machen
denn wer tot ist, ist einfach nur tot
also bringt man sich doch nicht um
zumal das Leben doch einigermaßen schön ist
und die Genitalien sind ja auch nicht nur zum Pinkeln da
das weiß letztlich jeder
schließlich sind wir alle erwachsen
es sei denn, man ist ein Kind
dann ist man natürlich nicht erwachsen
doch irgendwann ändert sich auch das
und dann geht es erst richtig los
dann gibt es kein Halten mehr
dann wird gevögelt, was das Zeug hält
man kann schließlich nicht das ganze Leben lang nur arbeiten
im Grunde sollte man überhaupt nicht arbeiten
dass man am Leben ist, ist schon Arbeit genug
und wir sind ja auch keine Maschinen
sollen doch die Maschinen für uns arbeiten
umso mehr Zeit haben wir dann für uns selbst
und zu tun gibt es ja auch genug

man muss sich doch nur mal die Welt anschauen
und zur Not beginnt man wieder irgendeinen Krieg
mehr Unterhaltung geht eigentlich nicht
und die Menschen wollen doch nichts anderes, als
unterhalten zu werden
es sei denn, sie wollen nicht unterhalten werden
aber dann ist ihnen auch nicht mehr zu helfen
aber irgendwann ist ja sowieso alles vorbei
doch bis es so weit ist, hat man ja noch ein wenig Zeit
es sei denn, man hat keine Zeit mehr
aber dann hat sich wenigstens die Sache mit dem Arbeiten
erledigt
und man hat endlich seine Ruhe
man kann dann zwar nichts mehr machen
doch wie gesagt: man hat endlich seine Ruhe
man lässt dann quasi andere für sich arbeiten
letztlich ist Totsein wie Reichsein, nur eben noch viel
entspannter
aber ich möchte jetzt auch nicht allzu philosophisch werden
denn ich habe schließlich nicht Philosophie studiert
es ist sogar so, dass ich überhaupt nichts studiert habe
doch das ist eine andere Geschichte
also wenden wir uns doch lieber wieder dem Ausgangsthema zu
aber was war noch mal das Ausgangsthema?
ehrlich gesagt: ich weiß es nicht mehr
insofern wird es wohl das beste sein, ich höre jetzt einfach auf
irgendwann ist ja sowieso Schluss

und es ist immer besser, es in der eigenen Hand zu haben
denn ansonsten nehmen andere einem diese Entscheidung ab
also höre ich an dieser Stelle jetzt einfach mal auf
ja, das mache ich jetzt einfach
irgendetwas muss man ja schließlich tun
zumal ich ja noch nicht einmal tot bin
nein, tot bin ich definitiv noch nicht
dieser Text ist der Beweis

netter Versuch

die digitale Welt wurde erfunden
um den Tod auszulagern
doch der Tod
lässt sich nicht auslagern
er ist nach wie vor
analog unterwegs
so wie auch wir
analog unterwegs sind
man könnte sagen:
wir sind der Tod

(Fragmente zu einem) Alltagsgedicht

ich hab' irgendwie noch gar keinen Hunger

das Jahr ist aber auch so schnell vergangen

ist das von IKEA? das habe ich nämlich auch

na, das ist ja lustig … gerade habe ich an dich gedacht

also morgen ist ja genau genommen schon heute

da wär' auch noch ein Parkplatz gewesen

das hab' ich jetzt akustisch nicht verstanden

dir kann man aber auch gar nichts mehr schenken; du
hast ja irgendwie schon alles

ist denn da schon Salz drin?

wie gesagt: mit Namen hab' ich es nicht so

ihr wart dann auf einmal irgendwie weg

am meisten vermisse ich aber das deutsche Brot

die sind doch auch schon ewig zusammen

du, wir müssen ja auch gar nicht so lange bleiben

diesmal schenken wir uns aber nichts, oder?

sieht irgendwie zu aus

das kann man ja auch noch kalt essen

mir fehlen einfach die Berge

ist hier rechts vor links?

gut, dass wir reserviert haben

ich hasse es, meine eigene Stimme zu hören

ich bin noch gar nicht in Weihnachtsstimmung

wo ist denn die Fernbedienung?

störe ich gerade?

sag mal, warst du beim Friseur?

da hätte ich ein Problem mit

das möchte ich gar nicht wissen

es dauert auch gar nicht lange

kann ich denn so rausgehen?

was denkst du gerade?

Erinnerungen an Friederike Mayröcker

etwas wie Augen, wie Licht oder auch Hände
etwas wie Wind, wie Häuser, wenn nicht sogar Bäume
etwas wie Himmel, wie Schnee, um nicht zu sagen Kinder
etwas wie Gras, wie Herzen, wie Tiere

etwas wie Zeit, wie Haare oder einfach nur Fenster
etwas wie Nacht, wie Worte, man könnte auch sagen See
etwas wie Tag, wie Kopf, bekannt auch als Haut
etwas wie Hunde, wie Wege, wie Meer

etwas wie Wasser, wie Spuren, also auch Sand
etwas wie Vögel, wie Luft, zumindest aber Schatten
etwas wie Wälder, wie Steine und nicht zuletzt Ränder
etwas wie Blicke, wie Wände, wie Sonne

etwas wie Schlaf, wie Wolken oder auch Gärten
etwas wie Bilder, wie Körper, wenn nicht sogar Zähne
etwas wie Welt, wie Straßen, um nicht zu sagen Farben
etwas wie Lippen, wie Winter, wie Holz

H. C. Artmann für Deutsche

jetzt sind wir
nein, jetzt *haben* wir
jetzt haben wir
jetzt haben wir
das Schlimmste überstanden
haben wir jetzt

und machen
und machen
und machen
einfach so weiter
wie bisher
machen wir

Nichts Neues (II)

Es gibt nichts Neues
zwischen dir und mir –
bis auf die Sonne,
die gerade
nicht auf uns scheint
denn es ist Nacht

Statt eines Nachrufs

Friederike Mayröcker ist tot
96 Jahre alt ist sie geworden
in den Jahren vor ihrem Ableben
dachte ich nur noch
(wenn ich überhaupt etwas dachte)
sie könnte gar nicht mehr sterben
sie hätte den Tod überlebt
doch ich habe mich geirrt

Kurz-Vita mit Ausblick

in der DDR geboren
und aufgewachsen

lebt er heute
in Deutschland

wo er nicht
sterben möchte

warum tue ich mir das ganze eigentlich an?

man kann nicht davon leben
und man wird damit nicht berühmt
die Welt lässt sich dadurch auch nicht verändern
und die Frauen kann man damit ebenfalls nicht beeindrucken
warum tue ich mir das ganze also an?

um ehrlich zu sein:
ich weiß es nicht
doch wenn ich es wüsste,
würde ich wahrscheinlich mit allem sofort aufhören
oder einfach so weitermachen wie bisher

der Aufstand

der Aufstand wird kommen
so viel ist sicher
so viel steht schon mal fest
doch er wird morgens in kein Büro gehen
er wird sich an keinen Schreibtisch setzen
und den Rechner einschalten
er wird nicht ins Internet gehen
und sich irgendwo mit seinem Benutzernamen
und seinem Passwort anmelden
denn wie sollte er auch?
er ist ja noch nicht einmal registriert
aber er wird kommen, der Aufstand
so viel ist sicher
so viel steht definitiv fest
doch er wird keine E-Mails lesen
und E-Mails beantworten wird er erst recht nicht
er wird kein soziales Netzwerk aufsuchen
denn er ist überhaupt nicht sozial
er ist vielmehr unsozial oder auch antisozial …
um nicht zu sagen: asozial
ja, asozial ist das richtige Wort
der Aufstand ist asozial
so sieht es einfach mal aus
und wie schon gesagt:
er wird kein soziales Netzwerk aufsuchen

er wird keinen Beitrag absetzen
er wird keinen Kommentar schreiben
und er wird keinen Gefällt-mir-Button klicken
er wird keine Freundschaftsanfragen versenden
und er wird keine Freundschaftsanfragen annehmen
denn er hat weder Freunde, noch braucht er welche
vor allem aber wird er nicht ständig sein Profilfoto ändern
mit alledem hat er nämlich nichts zu tun
dafür hat er auch gar keine Zeit
der Aufstand wird kommen und sonst gar nichts
er wird kommen …
und wenn er erst einmal da ist,
dann wird er auch bleiben
dann geht er nicht mehr weg
so einfach ist das mit dem Aufstand
wer hätte das gedacht?
kommt und bleibt
einfach so
von wem kann man das heutzutage sonst noch behaupten?
jeder andere würde doch irgendwann auch wieder gehen
nicht aber der Aufstand
der Aufstand bleibt
doch letztlich geht es darum auch gar nicht
es geht darum,
dass der Aufstand kommt
und der Aufstand wird kommen
so viel ist sicher

so viel steht schon mal fest
der Aufstand wird kommen
doch er wird mit dem ganzen Scheiß,
der uns heute so umgibt,
rein gar nichts zu tun haben
er wird nichts dergleichen hochladen
und er wird nichts dergleichen runterladen
bunte Bilder wird er sich auch nicht anschauen
von Videoclips ganz zu schweigen
und selbst Pornos werden ihm völlig egal sein
er wird sich jedenfalls dabei keinen runterholen
er wird sein Sperma definitiv nicht verspritzen,
nur um es anschließend wegzuwischen
nein, das wird er ganz gewiss nicht tun
und dennoch wird er kommen, der Aufstand
darauf kann man sich verlassen
das ist so sicher wie nur irgendwas
der Aufstand wird kommen, so oder so
und wenn ich hier vom Aufstand rede,
dann meine ich auch den Aufstand
und nicht etwa die Revolution
denn die Revolution hat Verrat begangen,
indem sie sich vom Mainstream hat kaufen lassen
doch der Aufstand …
der Aufstand ist seinen Idealen bislang treu geblieben
von ihm spricht noch immer keine einzige Werbeagentur
und deshalb sollte man ihm auch vertrauen

doch um Vertrauen geht es letztlich nicht
denn der Aufstand wird so oder so kommen
ganz gleich, ob man ihm nun vertraut oder nicht –
was im Übrigen dem Aufstand selber so ziemlich egal ist
denn am Ende geht es auch ihm nur darum,
dass er kommt
und der Aufstand wird kommen
daran kann es überhaupt keine Zweifel mehr geben
der Aufstand wird kommen
doch er wird sich nirgendwo bewerben
er wird keine Anträge stellen
und keine Formulare ausfüllen
er wird keine Anschreiben formulieren,
keine Lebensläufe ausarbeiten
und keine Zeugnisse beifügen
er wird weder Exposés schreiben
noch Arbeitsproben einreichen
oder auch nur seine Unterschrift hergeben
für irgendwelche Listen,
die man später nie wieder sieht
vor allem aber wird er zu keinen
sogenannten Vorstellungsgesprächen gehen,
nur um anschließend irgendeinen Job zu haben
nein, das wird er definitiv nicht tun
er wird aber auch
keine Preise und Stipendien annehmen
denn wie schon gesagt:

der Aufstand wird einfach nur kommen
und sonst gar nichts
der Aufstand wird kommen,
weil der Aufstand nun mal kommen wird
und der Aufstand wird kommen,
weil der Aufstand nun mal der Aufstand ist
und selbst wenn er nicht kommen wird, der Aufstand,
so wird er trotzdem kommen
denn der Aufstand wird kommen
so viel ist sicher
so viel steht schon mal fest

es kommt immer anders

wir tun alles
um uns voneinander
zu unterscheiden

dabei wollen wir alle
nur dasselbe
nämlich Liebe
oder zumindest Sex

wir tun alles
und wollen alle nur
dasselbe

doch am Ende
bekommen wir
etwas völlig anderes
nämlich den Tod

warum sich dieses Gedicht
behaupten wird,
auch wenn es nicht gut ist

weil ich ein Mann bin
weil ich weiß bin
weil ich alt bin
und weil ich heterosexuell bin

das Leben eines alten, weißen, heterosexuellen Mannes im Jahr 2021

geboren am 09. Dezember 1978 in Ost-Berlin
Hartz IV seit dem 01. Januar 2008

So sieht es aus

Für den »Tagesspiegel«
bin ich »der interessanteste
noch lebende Lyriker Deutschlands«.
Aber ich werde heute Nacht
trotzdem wieder alleine einschlafen –
so, wie letzte Nacht
und die Nächte davor.
Es gibt in dieser Millionenstadt Berlin
keine einzige Frau,
die mich für irgendetwas bewundert.
Aber das ist okay.
Es gibt Schlimmeres im Leben.

die Rettung

aufhören
ablassen
es abbrechen
es beenden
nicht weitermachen
nicht fortfahren
sondern stoppen
Schluss machen
es sein lassen
es einstellen
aufgeben
aufstecken
kapitulieren
den Kampf aufgeben
die Waffen strecken
unterliegen
verlieren
zum Verlierer werden
und ein Verlierer sein
ein Nichts, ein Niemand
oder gar nicht mehr vorhanden
nicht länger existieren
nicht zeugen
nicht gebären
nicht geboren werden

nicht geboren sein
nicht leben
nicht sterben
es sei denn als Verlierer
als ein Nichts, ein Niemand
die Waffen strecken
den Kampf aufgeben
kapitulieren
aufstecken
aufgeben
es einstellen
es sein lassen
Schluss machen
es stoppen
nicht fortfahren
nicht weitermachen
sondern es beenden
es abbrechen
ablassen davon
also aufhören
um nicht zu sagen:
verschwinden

zwei Probleme

die sogenannte
zeitgenössische Lyrik
hat zwei Probleme:
sie ist weder
zeitgenössisch
noch Lyrik

Guten Tag,

vielen Dank, dass Sie sich für mich entschieden haben!
Gerne helfe ich Ihnen weiter.

Leider kann ich Ihnen in diesem Fall nicht weiterhelfen.
Es tut mir leid.

Ich hoffe, ich konnte Ihnen weiterhelfen
und wünsche noch einen schönen Tag!

Es grüßt Sie freundlich
Ihr Gedicht*

*Hinweis: Dieses Schreiben wurde maschinell erstellt und ist daher ohne Unterschrift gültig.

drauf geschissen

scheiß drauf
scheiß nicht drauf
scheiß drauf
scheiß auf die Arbeit
auf die AfD und auf Amazon
scheiß auf die Bundeswehr
die Bundesliga und die Bild-Zeitung
scheiß auf den Chef, auf Corona
und immer wieder auf Corona scheiß drauf
scheiß auf Deutschland, auf Darmkrebs
und Druckkostenzuschussverlage
denn Scheiße braucht das Europa der Banken,
die Ehe und Eine Rückkehr in die Normalität
Scheiße brauchen die »Freunde«, braucht Facebook
aber auch das Fleisch braucht Scheiße
Scheiße braucht all das Geld
braucht Google und braucht Gott
und Scheiße braucht Hartz IV
das Handy und natürlich Halloween
also scheiß drauf
oder scheiß nicht drauf
aber scheiß drauf
und sonst gar nichts
scheiß auf Ikea
auf Instagram und auf Indeed

scheiß auf die Ja-Sager, auf Jobs jeglicher Art
und natürlich auch auf das Jobcenter scheiß drauf
scheiß auf das Kapital
den Krieg und die Kirche
scheiß auf den Lobbyismus
die Lyrik und den Literaturbetrieb
denn Scheiße braucht die Macht, brauchen alte weiße Männer
und darüber hinaus McDonald's
Scheiße braucht Netflix
brauchen Nestlé und Netto
Scheiße braucht Olympia, braucht Ostern
und auch O2 braucht Scheiße
Scheiße braucht die Polizei
sowie Plastik und Pelz
also scheiß drauf
oder scheiß nicht drauf
aber scheiß drauf
und sonst gar nichts
scheiß auf den ganzen Quatsch, den ganzen Quark
oder auch nur auf den Buchstaben »Q«
scheiß auf Rossmann
auf Rewe und auf Real
scheiß auf den Staat,
der nichts als ein Konstrukt ist
und scheiß auf den Tod, den Tod
und immer wieder auf den Tod scheiß drauf
denn Scheiße brauchen die USA, das Universum

und die Konjunktion »Und«
Scheiße brauchen die Väter, die Vertreter
und natürlich Volkswagen
Scheiße braucht auch der Winter, braucht Weihnachten
und all die Wörter, die lügen, brauchen Scheiße
und dann sind da noch
all diese Xylophone
Ypsilone und Zyklopen
scheiß auch auf sie
und sonst gar nichts
ja, genau

Verwirklichung eines Traums

in meiner Wohnung
kommen sie zusammen:
die unbeantworteten Briefe der Behörden
und meine unveröffentlichten Gedichte
sie sind ein- und dasselbe,
sodass ich jetzt sagen kann:
ich bin der Staat
und der Staat ist ich
es gibt keinen Anderen mehr
es lebe die klassenlose Gesellschaft

Mein Leben von A bis Z

Anarchie Aufstand Avantgarde
Bananen Bier Bilder
Cafés Chaos Creme
Dinge Döner Dunkelheit
Einsamkeit Eis Erinnerung
Falafel Fäkalien Fußball
Gehen Gerechtigkeit Glas
Haut Heiterkeit Himmel
Ich Ich Ich
Jahre Joghurt Juni
Käse Katzen Kunst
Lakritze Langeweile Lyrik
Masturbation Meer Musik
Nacht Nichtstun Nihilismus
Obst Orte Osten
Pflanzen Pizza Poesie
Quark Quatsch Quizze
Räume Rausch Revolution
Sex Stille Subversion
Tod Tod Tod
Universum Untergang Untergrund
Vanille Veganismus Vögel
Wald Wein Wolken
Xenophilie (…) (…)
(…) (…) Youtube
Zeit Zuhause Zweifel

jemand sagt etwas

jemand sagt etwas
und jemand anderes sagt etwas anderes
es ist immer dasselbe
jemand sagt etwas
und jemand anderes sagt etwas anderes
so war es immer gewesen
und so wird es auch immer sein
da kann kommen, was will
es gibt Dinge, die ändern sich einfach nicht
und dass jemand etwas sagt
und jemand anderes etwas anderes sagt,
ist so ein Ding,
dass sich einfach nicht ändert
da kann – wie gesagt – kommen, was will
doch man kann es eigentlich nicht oft genug sagen,
damit es auch der letzte Idiot hier im Raum versteht
und deshalb sage ich es jetzt noch einmal:
jemand sagt etwas
und jemand anderes sagt etwas anderes
es ist im Grunde so einfach
letztlich versteht sich dieser Zusammenhang von selbst
jedenfalls verstehe ich nicht,
wie man das ganze nicht verstehen kann
jemand sagt etwas
und jemand anderes sagt etwas anderes

es ist – wie gesagt – so einfach
man braucht im Grunde gar nicht darüber zu sprechen
und dennoch spricht man darüber
über irgendetwas muss man ja schließlich sprechen
denn der Mund ist ja nicht nur zum Essen da
und selbst wenn …
das, was man an Nahrung aufnimmt,
muss ja irgendwann auch wieder abgegeben werden
und man kann ja nicht nur den ganzen Tag auf der Toilette
verbringen
also fängt man an zu reden
und wenn man erst einmal zu reden angefangen hat,
dann macht man damit auch weiter
irgendetwas muss man ja schließlich machen
man könnte sich auch umbringen, okay …
aber dann könnte man nicht mehr reden
also lässt man das mit dem Umbringen besser sein
mit dem Reden kennt man sich sowieso viel besser aus
wenn nur die anderen nicht wären,
die einen ständig beim Reden unterbrechen!
denn wie schon gesagt:
jemand sagt etwas
und jemand anderes sagt etwas anderes
es ist im Grunde so einfach
und letztlich gibt es nichts Einfacheres auf der Welt als das
jemand sagt etwas
und jemand anderes sagt etwas anderes

wenn man diesen Zusammenhang erst einmal verstanden hat,
kann man eigentlich ganz gut damit leben
wenn man diesen Zusammenhang erst einmal verstanden hat,
dann ist es letztlich egal,
was jemand sagt
dann kommt es nur darauf an,
dass jemand etwas sagt
und jemand sagt ja etwas
das sollte doch inzwischen klar sein
das sollte sich doch mittlerweile herumgesprochen haben
jemand sagt etwas
und jemand anderes sagt etwas anderes
so war es immer gewesen
so ist es jetzt gerade
und so wird es auch immer sein
da kann kommen, was will
es gibt Dinge, die ändern sich einfach nicht
es sei denn, die Menschheit stirbt irgendwann aus
doch dann wird es andere Wesen geben,
die an die Stelle der Menschheit treten
irgendwie muss es ja schließlich weitergehen
egal, ob nun mit oder ohne Menschheit …
es sei denn, das Universum hört irgendwann auf zu sein
doch bis es so weit ist, bin ich sowieso längst tot
insofern konzentriere ich mich lieber darauf, was jetzt ist
und deshalb kann ich nur immer wieder sagen:
jemand sagt etwas

und jemand anderes sagt etwas anderes
so war es immer gewesen
und so wird es auch immer sein
daran lässt sich überhaupt nichts ändern
also finden wir uns lieber damit ab
denn es ändert sich ja doch nichts
ganz gleich, was sonst noch so geschieht
es ist nun mal, wie es ist
jemand sagt etwas
und jemand anderes sagt etwas anderes
da kann man nichts dagegen tun
es sei denn, man tut etwas dagegen
aber wer macht das schon?
es würde sich ja doch nichts ändern
also lässt man es lieber so, wie es ist
jemand sagt etwas
und jemand anderes sagt etwas anderes
wer hätte das gedacht?

Krisenbewältigung eines Feiglings

heute bei Aldi
drei alkoholfreie
Biere gekauft

(das Gute)

das Gute ist:
die Erde ist rund
das heißt:
es gibt kein Ende
es gibt aber auch
keinen Anfang
und somit
keinen Neubeginn
das heißt:
alles Leiden
geht einfach weiter
man kann sich lediglich
daran gewöhnen
doch der Mensch
gewöhnt sich ja
bekanntlich an alles
selbst wenn er sich
an überhaupt nichts gewöhnt
im Wörterbuch steht nicht umsonst
das Wort »Aufstand«

wir schaffen das

das
das wird
das wird man
das wird man doch
das wird man doch wohl
das wird man doch wohl noch
das wird man doch wohl noch sagen
das wird man doch wohl noch sagen dürfen wird man doch wohl noch das
dürfen wird man doch wohl noch das
wird man doch wohl noch das
man doch wohl noch das
doch wohl noch das
wohl noch das
noch das
das

der Dichter der Zukunft

für Lütfiye Güzel und andere

der Dichter der Zukunft
ist weiblich, jung und gut aussehend
einen Migrationshintergrund hat er auch
darüber hinaus ist er sozialkritisch,
multimedial und literaturbetriebsaffin,
das ist der Dichter der Zukunft

das wird man doch wohl
noch sagen dürfen

Schaf Mangold
Showdown durcheinander

Osama Flächen
Showdown durchdringend

Osama flachen
Showdown durchdringend

Rausch Madrid
Showdown nachfolgenden

Sold Rand Dach
Showdown umfangreichen

Sold dran Dach
Showdown umfangreichen

Lord Sand Dach
Showdown umfangreichen

doof Wind nahm
anderswo durchschlagen

nah Ding Form
download durchwachsenes

Rom fing Hand
download durchwachsenes

Ohm Ring fand
download durchwachsenes

Dom wohl Dachs
Sandwich Anforderungen

DDR Show nach
Downloads umfangreichen

DDR wach Sohn
Downloads umfangreichen

los DDR danach
Showdown umfangreichen

DDR Land Chaos
Showdown umfangreichen

das Rand Dolch
Showdown umfangreichen

das dran Dolch
Showdown umfangreichen

Rad Sand Dolch
Showdown umfangreichen

Öl DDR das nach
Showdown umfangreichen

Fan Dom Schlag
Showdown durcheinander

Hof Wind Dämon
anderswo durchschlagen

Dom fand wohin
anderswo durchschlagen

da wog Dom Ohr
Finnland durchwachsenes

da wog roh Dom
Finnland durchwachsenes

so CDs Mond Wand
Fahrrad ungewöhnlich

wo CDs Mond Sand
Fahrrad ungewöhnlich

da an DDR solch
Showdown umfangreichen

an Öl DDR Dachs
Showdown umfangreichen

wo Dom ihn fand
anderswo durchschlagen

wo Dom hin fand
anderswo durchschlagen

an Dom Hof Wind
anderswo durchschlagen

die Welt und ich

die Welt ist schlecht
und ich schreibe darüber

ich schreibe
dass die Welt schlecht ist

und ich schreibe
weil die Welt schlecht ist

die Welt könnte auch gut sein
aber die Welt ist nicht gut

wäre die Welt gut
bräuchte ich nicht zu schreiben

denn eine gute Welt
wäre einfach nur langweilig

doch die Welt ist nicht gut
sondern schlecht

die Welt ist schlecht
und ich schreibe darüber

die Welt ist schlecht
und kann gar nicht schlecht genug sein

sorry, but not sorry

hier könnte Ihr Gedicht stehen
aber Ihr Gedicht steht hier nicht
hier steht lediglich mein Gedicht
und ansonsten gar nichts
also suchen Sie sich gefälligst
einen anderen Ort,
wo Ihr Gedicht stehen könnte
denn Ihr Gedicht steht hier nicht

soziales Gedicht

dies ist ein soziales Gedicht
man kann es posten, liken, teilen und kommentieren
(man kann es aber auch einfach ignorieren)

Einmal genauer hingeschaut

wenn man es recht besieht,
so ist man doch nur noch von Arschlöchern umgeben
überall gibt es Arschlöcher
machen wir uns doch nicht länger etwas vor
es gibt jedenfalls niemanden mehr,
der kein Arschloch ist
ausnahmslos jeder ist ein Arschloch jetzt
wohin man sich auch wendet
wo man auch steht und geht:
überall Arschlöcher
ja, genau, so ist es
so sieht es nämlich aus
und wenn ich hier von »Arschlöchern« spreche,
dann meine ich auch »Arschlöcher«
und nicht etwa Bekannte
oder gar Verwandte
nein, Arschlöcher meine ich
und man ist ja heute nur noch von Arschlöchern umgeben
es hat überhaupt keinen Zweck,
das abzustreiten
es hat überhaupt keinen Zweck,
das zu leugnen
denn Arschloch bleibt nun mal Arschloch
oder anders gesagt:
einmal Arschloch, immer Arschloch

aber wem sage ich das?
ihr seid ja selber allesamt Arschlöcher
alle, wie ihr hier sitzt
du, du und du …
alle seid ihr Arschlöcher
aber wem sage ich das?
ihr wisst ja schließlich selbst am besten,
dass ihr einfach nur Arschlöcher seid
und sonst gar nichts
doch das versteht sich von selbst
das muss man euch nicht extra sagen
klar könntet ihr auch etwas anderes sein
aber ihr seid nun mal nichts anderes,
außer eben Arschlöcher
ihr seid einfach nur Arschlöcher
und damit hat es sich
dabei sollte man es dann auch bewenden lassen
aber man kann es eigentlich nicht oft genug sagen,
damit es auch das letzte Arschloch von euch hier versteht,
dass er einfach nur ein Arschloch ist
und irgendjemand muss diese Wahrheit ja auch aussprechen,
wenn es sonst niemand tut
und da ihr es nicht seid,
der diese Wahrheit ausspricht,
bin ich es eben,
der euch sagt,
dass ihr allesamt Arschlöcher seid

denn einer muss es ja schließlich tun
und ihr seid ja nun mal richtig ausgewachsene Arschlöcher,
und zwar alle, wie ihr hier durch die Bank weg sitzt
aber egal
sei's drum
das muss euch nicht weiter beunruhigen
darüber müsst ihr euch keine größeren Gedanken machen
denn es gibt schließlich Schlimmeres im Leben
den Tod zum Beispiel
oder auch die endlos lange Zeit des Totseins danach
zumal man ja heute auch nur noch von Arschlöchern umgeben ist,
sodass eure eigene kleine Arschlöchrigkeit gar nicht weiter auffällt
eure eigene kleine Arschlöchrigkeit fällt überhaupt nicht ins Gewicht
also macht ruhig so weiter wie bisher
ihr werdet schon sehen,
was ihr davon habt
irgendwann sind wir sowieso alle tot
so gesehen ist es dann auch egal,
ob man jetzt nur noch von Arschlöchern umgeben ist oder nicht
doch dass es jetzt nur noch Arschlöcher auf der Welt gibt,
das ist nun mal so
das steht ein für alle Mal so fest

Fortschritt

es wird nicht mehr gearbeitet
man *geht* nur noch zur Arbeit
und wer selbst das nicht mehr tut
der schreibt zu Hause Bewerbungen
sofern man nicht anderen erklärt
wie man zu Hause Bewerbungen schreibt
doch wie dem auch sei
es wird nicht mehr gearbeitet

Poesie 2.0

Es geht nur noch um Schönheit.
Selbst der Flüchtling,
der im Mittelmeer ertrinkt,
ist schön.
Und wenn er ertrunken ist,
dann ist der Flüchtling
immer noch schön.
Das einzige,
was nicht schön ist,
ist die Schönheit selbst.

wir müssen reden

wir müssen reden
wir müssen miteinander sprechen
denn wir haben uns etwas zu sagen
immerhin verfügen wir über einen Mund
mit anderen Worten: wir sind mündig
dazu muss man nicht erst Immanuel Kant gelesen haben
zumal sich seine Mündigkeit wie Müdigkeit liest
doch wie dem auch sei
wir müssen reden
wir müssen miteinander sprechen
denn wir haben uns etwas zu sagen
der Mund ist schließlich nicht nur zum Essen da
ansonsten wären wir längst geplatzt
doch wir sind noch nicht geplatzt
wir sind noch da
und zwar hier und jetzt
und deshalb müssen wir reden
wir müssen uns immer wieder sagen,
dass es uns gibt
und wir müssen uns immer wieder sagen,
dass es uns nur deshalb gibt,
weil es andere nicht gibt
denn es kann nie alle geben
es sei denn, das Universum ist unendlich groß
doch wer weiß schon,

ob das Universum unendlich groß ist?
und solange man nicht weiß,
ob das Universum unendlich groß ist,
sollte man eher davon ausgehen,
dass das Universum nicht unendlich groß ist
doch wie dem auch sei
wir müssen reden
wir müssen miteinander sprechen
denn wir haben uns etwas zu sagen
wozu gibt es denn all die Sprachen,
wenn wir sie gar nicht gebrauchen?
es ist ohnehin alles nur eine Frage der Kommunikation
man muss nur immer wieder sagen,
dass es seine Richtigkeit hat,
dass einige wenige Menschen reich sind
und sehr viele Menschen arm –
und schon glauben einem die Menschen alles
es ist wie mit den Religionen
man muss es nur immer wieder sagen
irgendwann wird jede Lüge wahr
doch wie dem auch sei
wir müssen reden
wir müssen miteinander sprechen
denn wir haben uns etwas zu sagen
auch wenn wir gar nicht wissen,
was dieses Etwas überhaupt ist
aber egal

Hauptsache, wir haben mal darüber gesprochen
Hauptsache, wir haben zu irgendeinem Thema
mal wieder unsere Meinung geäußert
das ist das Wichtigste
denn solange wir sprechen,
kann niemand anderes etwas sagen
und wenn es doch jemand tun sollte,
können wir das Gesagte immer noch ignorieren
denn es geht ja letztlich nur um uns
wir müssen reden
wir müssen miteinander sprechen
denn wir haben uns etwas zu sagen
so lässt sich selbst der Tod aushalten
sofern es den Tod überhaupt gibt
bislang konnte nämlich noch niemand sagen,
wie es sich anfühlt, tot zu sein
vielleicht verhält es sich ja mit dem Tod wie mit dem Universum
und vielleicht ist am Ende der Tod sogar das Universum
doch wen interessiert das letztlich schon?
die Leute haben ja doch schon genug mit sich selbst zu tun
da kann man nicht auch noch erwarten,
dass sie sich mit dem Tod oder dem Universum beschäftigen
sollen sich doch diejenigen damit befassen,
die das ganze studiert haben (und dafür bezahlt werden)
die Ärzte und Astronomen zum Beispiel
wo sind die sogenannten Experten,
wenn man sie mal braucht?

am Ende muss man dann doch wieder alles selber machen
aber warum auch nicht?
wir müssen ja sowieso reden
wir müssen miteinander sprechen
denn wir haben uns etwas zu sagen
und solange man sich noch etwas zu sagen hat,
sollte man das auch tun
schließlich kann alles so schnell vorbei sein
dieser Text zum Beispiel endet hier und jetzt
da hilft dann auch alles Reden nichts mehr
es sei denn, jemand hält eine Trauerrede
oder schlimmer noch: eine Laudatio

kein Drama

an einem Sommerabend
mit einer Frau draußen
auf einer Parkbank sitzen
ein paar Biere trinken
und anschließend
zu Hause Sex haben
das ist alles

Narrativ

nach Elke Erb

ich liebe dich
du liebst mich nicht
ich liebe dich nicht

ich liebe nicht
ich werde nicht geliebt
du wirst von mir geliebt

du liebst mich
du liebst mich noch mal
ich liebe mich nicht

du liebst mich nicht
du liebst mich wie dich
du liebst nicht

ich werde von dir geliebt
ich werde von dir noch mal geliebt
du wirst nicht geliebt

du liebst mich, was dich hassen lässt
du liebst mich, was mich hassen lässt
ich hasse nicht

du hasst, was mich hassen lässt
ich liebe dich, was mich hassen lässt
ich liebe dich, was dich hassen lässt

du hasst nicht
ich hasse, du hasst nicht
du hasst, ich hasse nicht

du hasst, du hasst
ich hasse, du hasst
ich hasse

ich hasse, du hasst
du hasst, ich liebe
ich hasse, ich liebe

du hasst, ich hasse
du hasst, ich hasse
du hasst, ich hasse

ich hasse, du liebst
du hasst, du liebst
ich hasse, ich hasse

was der Dichter Kai Pohl sagt

der Dichter Kai Pohl sagt,
dass er es ablehne,
seine Gedichte als politisch zu bezeichnen
auch faschistische Gedichte
seien politisch
und ich denke,
dass der Dichter Kai Pohl
damit vollkommen recht hat
auch faschistische Gedichte
sind politisch

frei nach Heiner Müller

die Welt ist Scheiße
bis auf das Bier
das ist Pisse

das Manifest des Mainstreams

ich könnte hier jetzt etwas sagen
aber ich werde hier jetzt nichts sagen
denn wenn ich hier jetzt etwas sage,
wird es Leute geben,
die etwas dagegen haben
und dann etwas anderes sagen
doch ich möchte nicht,
dass es Leute gibt,
die etwas dagegen haben
und dann etwas anderes sagen
nein, das möchte ich nicht
ich möchte stattdessen Leute,
die das hier jetzt mögen
und im besten Fall sogar kaufen
ja, das möchte ich
und deshalb werde ich hier jetzt nichts sagen
obwohl ich hier jetzt etwas sagen könnte
doch wie schon gesagt:
ich werde hier jetzt nichts sagen
nichts sagen werde ich hier jetzt

Business as usual [short version]

diese Woche
sind drei Lyrikbände
erschienen

und nächste Woche
werden wieder
drei Lyrikbände erscheinen

und die drei Lyrikbände
die nächste Woche
erscheinen werden

werden die drei Lyrikbände
die diese Woche erschienen sind
vergessen lassen

Schneegedicht

Die Ruhe vor der Revolution
(Medea Mantra Nr. 030 5555 44 - 2222)

für Anna Hoffmann

Wir sind gleich persönlich für Sie da.
Die nächste freie Mitarbeiterin bzw. der nächste freie
Mitarbeiter ist bereits für Sie reserviert.
Bitte haben Sie noch einen Moment Geduld.
Bitte legen Sie nicht auf. Wir sind gleich für Sie da.
Wir sind gleich persönlich für Sie da.
Die nächste freie Mitarbeiterin bzw. der nächste freie
Mitarbeiter ist bereits für Sie reserviert.
Bitte haben Sie noch einen Moment Geduld.
Bitte legen Sie nicht auf. Wir sind gleich für Sie da.
Wenn Ihnen die Wartezeit zu lang wird, können Sie auch
zu einem späteren Zeitpunkt erneut anrufen. Gerne sind
wir montags bis freitags zwischen 8 und 18 Uhr für Sie da.
Ansonsten haben Sie noch ein wenig Geduld.
Wir sind gleich persönlich für Sie da.
Die nächste freie Mitarbeiterin bzw. der nächste freie
Mitarbeiter ist bereits für Sie reserviert.
Bitte haben Sie noch einen Moment Geduld.
Bitte legen Sie nicht auf. Wir sind gleich für Sie da.
Wir sind gleich persönlich für Sie da.
Die nächste freie Mitarbeiterin bzw. der nächste freie
Mitarbeiter ist bereits für Sie reserviert.

Bitte haben Sie noch einen Moment Geduld.
Bitte legen Sie nicht auf. Wir sind gleich für Sie da.
Wenn Ihnen die Wartezeit zu lang wird, können Sie auch zu einem späteren Zeitpunkt erneut anrufen. Gerne sind wir montags bis freitags zwischen 8 und 18 Uhr für Sie da.
Ansonsten haben Sie noch ein wenig Geduld.
Wir sind gleich persönlich für Sie da.
Die nächste freie Mitarbeiterin bzw. der nächste freie Mitarbeiter ist bereits für Sie reserviert.
Bitte haben Sie noch einen Moment Geduld.
Bitte legen Sie nicht auf. Wir sind gleich für Sie da.
Wir sind gleich persönlich für Sie da.
Die nächste freie Mitarbeiterin bzw. der nächste freie Mitarbeiter ist bereits für Sie reserviert.
Bitte haben Sie noch einen Moment Geduld.
Bitte legen Sie nicht auf. Wir sind gleich für Sie da.
Wenn Ihnen die Wartezeit zu lang wird, können Sie auch zu einem späteren Zeitpunkt erneut anrufen. Gerne sind wir montags bis freitags zwischen 8 und 18 Uhr für Sie da.
Ansonsten haben Sie noch ein wenig Geduld.
Wir sind gleich persönlich für Sie da.
Die nächste freie Mitarbeiterin bzw. der nächste freie Mitarbeiter ist bereits für Sie reserviert.
Bitte haben Sie noch einen Moment Geduld.
Bitte legen Sie nicht auf. Wir sind gleich für Sie da.
Wir sind gleich persönlich für Sie da.
Die nächste freie Mitarbeiterin bzw. der nächste freie

Mitarbeiter ist bereits für Sie reserviert.
Bitte haben Sie noch einen Moment Geduld.
Bitte legen Sie nicht auf. Wir sind gleich für Sie da.
Wenn Ihnen die Wartezeit zu lang wird, können Sie auch zu einem späteren Zeitpunkt erneut anrufen. Gerne sind wir montags bis freitags zwischen 8 und 18 Uhr für Sie da.
Ansonsten haben Sie noch ein wenig Geduld.
Wir sind gleich persönlich für Sie da.
Die nächste freie Mitarbeiterin bzw. der nächste freie Mitarbeiter ist bereits für Sie reserviert.
Bitte haben Sie noch einen Moment Geduld.
Bitte legen Sie nicht auf. Wir sind gleich für Sie da.
Wir sind gleich persönlich für Sie da.
Die nächste freie Mitarbeiterin bzw. der nächste freie Mitarbeiter ist bereits für Sie reserviert.
Bitte haben Sie noch einen Moment Geduld.
Bitte legen Sie nicht auf. Wir sind gleich für Sie da.
Wenn Ihnen die Wartezeit zu lang wird, können Sie auch zu einem späteren Zeitpunkt erneut anrufen. Gerne sind wir montags bis freitags zwischen 8 und 18 Uhr für Sie da.
Ansonsten haben Sie noch ein wenig Geduld.
Wir sind gleich persönlich für Sie da.
Die nächste freie Mitarbeiterin bzw. der nächste freie Mitarbeiter ist bereits für Sie reserviert.
Bitte haben Sie noch einen Moment Geduld.
Bitte legen Sie nicht auf. Wir sind gleich für Sie da.
Wir sind gleich persönlich für Sie da.

Die nächste freie Mitarbeiterin bzw. der nächste freie
Mitarbeiter ist bereits für Sie reserviert.
Bitte haben Sie noch einen Moment Geduld.
Bitte legen Sie nicht auf. Wir sind gleich für Sie da.
Wenn Ihnen die Wartezeit zu lang wird, können Sie auch
zu einem späteren Zeitpunkt erneut anrufen. Gerne sind
wir montags bis freitags zwischen 8 und 18 Uhr für Sie da.
Ansonsten haben Sie noch ein wenig Geduld.
Wir sind gleich persönlich für Sie da.

Worksong

nach Gert Jonke

manchmal denke ich stundenlang pausenlos
an den Tod, ohne zu wissen, warum
ich stundenlang pausenlos
an den Tod denke
und während ich wieder stundenlang pausenlos
an den Tod denke, ohne zu wissen, warum
ich stundenlang pausenlos
an den Tod denke,
erkenne ich plötzlich, dass mein ganzes Dasein
nie etwas anderes gewesen ist als
ein einziges stundenlanges pausenloses
Denken-an-den-Tod

eine Katze

dieses Gedicht
ist eine Katze

mit einer Katze
lässt sich

jede Krise
aushalten

Was für ein Gedicht bin ich?

Süßungsmittel: Sorbit / Kaumasse / Süßungsmittel:
Maltitsirup / Xylit / Aroma / Süßungsmittel:
Isomalt / Verdickungsmittel: Gummi arabicum /
Feuchthaltemittel: Glycerin / Farbstoffe: Titandioxid
/ Riboflavine / Säureregulator: Natriumcarbonate /
Emulgator: Sonnenblumenlecithine / Süßungsmittel:
Acesulfam K / Aspartam / Überzugsmittel:
Carnaubawachs / Antioxidationsmittel / BHT / Enthält
eine Phenylalaninquelle / Kann bei übermäßigem
Verzehr abführend wirken

die drei Möglichkeiten

man kann am Leben sein
oder auch tot

oder man ist sowohl am Leben
als auch tot

man kann aber auch
weder am Leben sein noch tot

die Notwendigkeit von Bier

nach Richard Brautigan

und auch dagegen
lässt sich nichts ausrichten:
wenn man Bier braucht
und keines bekommt
(weil selbst der letzte Späti in Berlin-Friedrichshain
bereits geschlossen hat) –
dann hilft noch nicht einmal mehr
der Gedanke an eine Revolution

Was ich gerade mache
(Antwort an ein soziales Netzwerk)

Ich lese gerade die Frage:
»Was machst du gerade?«
Und ich schreibe gerade dieses Gedicht.
Was anderes mache ich gerade nicht.

geschenkt

die Frauen lieben an mir am meisten
meine grau-blauen Augen
etwas, wofür ich am wenigsten kann

am Ende des Winters

es gibt sie auch heute noch
diese Sehnsucht nach Frühling
und Wärme und vor allem Licht
doch kurz nachdem Goethe
die Worte »Mehr Licht!« sagte,
ist er gestorben
das war zu Beginn des Frühlings

Deutsch als Muttersprache (DaM)

nach Marcel Reich-Ranicki

ich ficke
du fickst
er fickt
wir alle ficken
wir müssen ficken
warum fickt er nicht mit ihr?
auch ich habe gefickt
wir werden ficken
ich bin gefickt
die Welt ist nichts als ein Geficke
das einzige Glück ist das Ficken
denn ich ficke
du fickst
er fickt
wir alle ficken
wir müssen ficken
warum fickt er nicht mit ihr?
auch ich habe gefickt
wir werden ficken
ich bin gefickt
die Welt ist nichts als ein Geficke
das einzige Glück ist das Ficken
denn ich ficke

du fickst
er fickt
wir alle ficken
wir müssen ficken
warum fickt er nicht mit ihr?
auch ich habe gefickt
wir werden ficken
ich bin gefickt
die Welt ist nichts als ein Geficke
das einzige Glück ist das Ficken

übrigens

der Autor dieses Gedichts
ist offen für Preise und Stipendien
für Buch- und Zeitschriftenveröffentlichungen
für Lesungen und Interviews
für Rezensionen und Sex

Apropos CO_2-Ausstoss

wir sind ein Pups, ein Furz, ein Flatus
wir sind ein Schas, eine Flatulenz, eine Blähung
ein Darmwind sind wir, ein Pups und ein Furz
wir sind ein Flatus, ein Schas, eine Flatulenz

wir sind eine Blähung, ein Darmwind, ein Pups
ein Furz sind wir, ein Flatus und ein Schas
wir sind eine Flatulenz, eine Blähung, ein Darmwind
wir sind ein Pups, ein Furz, ein Flatus

ein Schas sind wir, eine Flatulenz und eine Blähung
wir sind ein Darmwind, ein Pups, ein Furz
wir sind ein Flatus, ein Schas, eine Flatulenz
eine Blähung sind wir, ein Darmwind und ein Pups

wir sind ein Furz, ein Flatus, ein Schas
wir sind eine Flatulenz, eine Blähung, ein Darmwind
ein Pups sind wir, ein Furz und ein Flatus
wir sind ein Schas, eine Flatulenz, eine Blähung

wir sind ein Darmwind, ein Pups, ein Furz
ein Flatus sind wir, ein Schas und eine Flatulenz
wir sind eine Blähung, ein Darmwind, ein Pups
wir sind ein Furz, ein Flatus, ein Schas

eine Flatulenz sind wir, eine Blähung und ein Darmwind
wir sind ein Pups, ein Furz, ein Flatus
wir sind ein Schas, eine Flatulenz, eine Blähung
ein Darmwind sind wir, ein Pups und ein Furz

wir sind ein Flatus, ein Schas, eine Flatulenz
wir sind eine Blähung, ein Darmwind, ein Pups
ein Furz sind wir, ein Flatus und ein Schas
wir sind eine Flatulenz, eine Blähung, ein Darmwind

Widerstand heute

aufwachen
und Sex haben
und frühstücken
und lesen
und schreiben
und mit der Katze spielen
und spazieren gehen
und Wein trinken
und Musik hören
und einen Film schauen
und einschlafen
das ist im Grunde schon alles
(ach, wenn das Leben
doch nur so einfach wäre)

wie zu erwarten war

die Geburt ist feminin
das Leben neutral
und der Tod maskulin

Nachruf auf eine Jahreszeit
(Berlin Version)

es schneit nicht mehr
kein Schnee fällt mehr nieder
es schneit nicht mehr
und wenn es doch noch schneit,
so bleibt der Schnee nicht liegen
er schmilzt dahin,
sobald er den Boden berührt
doch wie gesagt:
es schneit nicht mehr
kein Schnee fällt mehr nieder

sich treu geblieben

Lyrik
verkauft
sich
nicht

Kneipengedicht

und einmal fand ich mich
in einer Kneipe wieder
ich trank ein Bier
und wusste nicht, warum
doch die Leute,
die mich umgaben
und ebenfalls
ein Bier tranken,
schien mein Anblick
nicht zu stören
und so habe ich einfach
weitergetrunken
bis ich wusste, warum ich
in dieser Kneipe war

Meine Langeweile und ich

Ich bin ein langweiliger Mensch
und führe ein langweiliges Leben.
Es ist so langweilig,
wie ein Leben nur langweilig sein kann
für einen Mitteleuropäer
zu Beginn des 21. Jahrhunderts.
Im Grunde habe ich bislang
überhaupt nichts Interessantes erlebt.
Ich bin ja noch nicht einmal
ordentlich verreist.
Aber das ist mir alles völlig egal.
Denn ich mag meine Langeweile.
Im Grunde liebe ich sie sogar.
Meine Langeweile ist nämlich
allemal besser als jeder Krieg.

Umsetzung von Art. 5 Abs. 3 GG

letztlich kann ich hier
schreiben, was ich will
es liest ja doch niemand
so ein Gedicht
und deshalb steht hier auch nur
das, was ich sagen wollte:
nämlich
nichts

woran man merkt,
dass es allen zu gut geht

wenn selbst in den Gedichten der Subkultur
das Wort »Gedicht« vorkommt

die Freiheit des subkulturellen Dichters

an einem Montagmorgen bin ich aufgewacht
doch ich wusste nicht, warum
und so habe ich mich umgedreht
und bin wieder eingeschlafen

mein Vater, Berlin-Friedrichshain und ich

mein Vater wurde in Berlin-Friedrichshain geboren,
hat sein ganzes Leben in Berlin-Friedrichshain verbracht
und ist auch in Berlin-Friedrichshain gestorben

ich wurde ebenfalls in Berlin-Friedrichshain geboren,
habe mein bisheriges Leben in Berlin-Friedrichshain verbracht
und werde vermutlich auch in Berlin-Friedrichshain sterben

vielleicht sollte ich aus Berlin-Friedrichshain wegziehen
denn ich lebe sehr gerne
und möchte nicht sterben

Ein schlechtes Gedicht

Wenn du
zur Abwechslung
auch einmal
ein schlechtes Gedicht
lesen möchtest –
dies ist eins!

das Gegenteil ist auch wahr

Pessimismus
ist nur ein Überfluss
an Information

Kein Berlin-Gedicht

dies ist kein Berlin-Gedicht
ich könnte ein Berlin-Gedicht schreiben
doch ich möchte kein Berlin-Gedicht schreiben
und ich werde auch kein Berlin-Gedicht schreiben
denn über Berlin wird mehr als genug geschrieben
da muss ich nicht auch noch über Berlin schreiben
und deshalb sage ich noch einmal:
dies ist kein Berlin-Gedicht
kein Berlin-Gedicht ist dies
im Grunde handelt dieses Gedicht von allem,
was es sonst noch gibt,
nur eben nicht von Berlin

ich bin konservativ

ich bin konservativ
denn ich will
dass alles so bleibt
wie es ist

nur keine Veränderungen
denn Veränderungen
bringen irgendwann auch
den Tod

aber ich will
nicht sterben
denn ich lebe
sehr gerne

was es braucht für eine Revolution

nach Emily Dickinson

es braucht für eine Revolution nur
eine Handvoll reiche
und sehr viele arme Menschen
sehr viele arme Menschen braucht es
und dazu etwas Geld
ja, etwas Geld braucht es auch für eine Revolution
denn schließlich hat jeder seinen Preis
und die Leute wollen nun mal bestochen werden
bevor sie die Seiten wechseln

4-3-3

~~für John Cage~~

die ses Ge dicht
wid me ich
Walt Whit man

damals (im Zeitalter der Dekonstruktion)

für Volker Braun

als der Palast der Republik abgerissen wurde
die Touristen schliefen schon in ihren Hotelzimmern
und in ihren Arbeiterwohnungen die Arbeiter
sah ich des nachts die Baustelle beleuchtet
von einem Zaun umgeben und bewacht
so als hätte man Angst gehabt (damals)
jemand könnte den Palast der Republik
über Nacht wieder aufbauen
doch der Palast der Republik
wurde über Nacht nicht wieder aufgebaut

decrescendo

die Augen das Licht die Hände der Wind
die Bäume die Häuser der Himmel der Schnee
die Kinder das Gras das Herz die Tiere
die Zeit die Haare die Fenster die Nacht

die Worte der See die Tage der Kopf
die Haut die Hunde die Wege das Meer
das Wasser die Spuren der Sand die Lüfte
die Vögel die Schatten der Wald der Stein

die Ränder die Blicke die Wand
die Sonne der Schlaf die Wolken
die Gärten die Männer der Körper

das Bild die Zähne die Welt
die Straße die Farben die Lippen
der Winter der Tisch die Füße

der Weg in die Normalität

das Kapitol wird gestürmt
ich sehe im Fernsehen
wie das Kapitol gestürmt wird

ich sehe es den ganzen Tag
bis ich ermüde
dann schlafe ich ein

ich schlafe und träume davon
wie das Kapitol gestürmt wird
dann wache ich auf

und nach dem Aufwachen
erinnere ich mich daran,
wie das Kapitol gestürmt wurde

das Kapitol wurde gestürmt
ich kann an nichts anderes mehr denken
außer, dass es normal ist

das Kapitol zu stürmen

Fortsetzung einer Umarmung

nach Elfriede Gerstl

dich ficken
weil du gefickt werden willst
und weil ich ficken will

dich ficken
weil wir immer schon gefickt haben
und weil wir immer ficken werden

dich ficken
bis dass der Tod uns scheidet
doch der Tod wird uns nicht scheiden
solange wir einfach nur weiter ficken

dich ficken
weil ich es kann
und weil ich nichts anderes kann
außer dich zu ficken

Die Rache

Wege
Wege und Bäume

Bäume
Bäume und Männer

Wege
Wege und Männer

Wege und Bäume und Männer und
eine Bewunderin

die Einen und die Anderen

die Einen
rollen ihr Toilettenpapier
von unten ab
denn sie sind unten
und wollen auch immer
unten bleiben

die Anderen hingegen
rollen ihr Toilettenpapier
von oben ab
sie sind zwar auch unten
wollen aber unbedingt
nach oben kommen

wieder Andere
rollen ihr Toilettenpapier
überhaupt nicht ab
denn sie sind oben
und lassen sich ihren Arsch
von den Anderen abwischen

das Ende der Naturlyrik

(nach einer Meldung
der *Augsburger Allgemeinen* im Juni 2014)

an einem Strauch
auf dem Boxhagener Platz
in Berlin-Friedrichshain
sind am Freitagabend
nach Angaben der Polizei
mehrere Zweige abgerissen
und mitgenommen worden
der Täter ist unbekannt
die Polizei in Friedrichshain
bittet um Hinweise

wie man durch die Krise kommt

ich sitze auf meiner Toilette
und starre auf das Toilettenpapier

ich zähle zwölf Packungen
eine Packung reicht etwa für einen Monat

ich habe also die Absicht
noch mindestens ein Jahr zu leben

ich sitze auf meiner Toilette
und starre auf das Toilettenpapier

danach wasche ich mir die Hände
und verlasse beruhigt das Bad

was uns korrumpiert (hat)

Angeln Aktivismus Astrologie Backen Basketball BBQ
Bei Langeweile chatten Blogging Boxen Brettspiele Brunch Bubble Tea
Café-Hopping Café-Tour für Instagram Cat lover Clubbing Comedy
Craft Beer Crossfit Deutschrap Disney DIY DJing
Dog lover Festivals Filme Fitness
Foodie Fotografie Freundschaften schließen Fußball
Gaming Gartenarbeit Gegrilltes Schweinefleisch Geisterfilme Gin Tonic
Golf Ice Tea Instagram Kaffee Karaoke
Kochen Korean Dramas Kultur Kunst
Laufen Lesen Meditieren Mode Museum
Musik Natur Netflix
Outdoor Politik Picknick Poesie Rad fahren
Reisen Relaxen in der Bar Schwimmen
Self Care Shopping Skifahren Snowboarden Sport
Spiritualität Sprachaustausch Surfen Sushi Sweet Tooth
Tanzen Tattoos Tee Theater Umweltaktivismus
Vegan Vegetarisch Vintage-Mode
Vlogging Volunteering Walking Wandern
Was trinken gehen
Wein Yoga

ein kurzer Text über die Liebe

Liebe bewirkt gar nichts
Liebe ist für niemanden da
vergesst also am besten gleich wieder die Liebe
Liebe tut überhaupt nicht gut
auf Liebe kommt es definitiv nicht an
nichts Gutes kommt von der Liebe
auf Liebe kann man getrost verzichten
denn Liebe bringt nur Unglück
Liebe führt immer in den Tod
Liebe verursacht immer Trauer
Liebe ist aber auch einfach nur käuflich wie sonst nichts im Leben
es gibt nichts Korrupteres als Liebe
Liebe begeht ständig Verrat
wer von Liebe spricht, meint eigentlich nur Sex
Liebe ist ein einziger großer Selbstbetrug
Liebe ist wirklich der letzte Dreck
Liebe ist für niemanden da
von der Liebe hat man absolut nichts zu erwarten
von der Liebe braucht man sich nichts zu erhoffen
denkt also gar nicht erst an Liebe
Liebe ist definitiv kein guter Berater
und noch weniger ist Liebe ein Genuss
mit der Liebe sitzt man immer in der letzten Reihe
mit der Liebe macht man sich lediglich schmutzig
Liebe ist nicht gesund

Liebe macht nur krank
alles ist besser als Liebe, selbst der Tod
im Übrigen gibt es Liebe überhaupt nicht
Liebe ist nur ein Wort, ein Konstrukt, eine Fiktion
kurzum: Liebe braucht kein Mensch
Liebe erfüllt keine Träume
Liebe schafft lediglich neue Probleme
es lebt sich viel besser ohne Liebe
auf Liebe kann man nun wirklich verzichten
Liebe macht nicht nur nicht satt, sondern lässt auch hungern
Liebe lässt foltern, vergewaltigen und morden
Liebe erzeugt erst den Hass
auf Liebe kommt es also ganz bestimmt nicht an
man kann allem vertrauen, nur nicht der Liebe
Liebe kann man wirklich vergessen
kein Krieg, der ohne Liebe auskommt
ohne Liebe würde die Welt nicht untergehen
wäre die Liebe weg, kein Mensch würde sie vermissen
doch Liebe gibt es sowieso nicht
also reden wir nicht länger von Liebe
Liebe braucht kein Mensch
Liebe tut nur weh
Liebe verletzt
und Liebe tötet
man muss die Liebe ausrotten, bevor sie uns alle umbringt
also weg mit der Liebe
Liebe ist nichts

Liebe kann nichts
und Liebe wird es auch nie zu etwas bringen
zumal es Liebe ja auch überhaupt nicht gibt
also reden wir nicht länger von Liebe
reden wir stattdessen lieber über Sex
Sex is all we need, Sex is all we want
aber Liebe? nein!
Liebe brauchen wir ganz bestimmt nicht

Mehr Gleichgültigkeit

Warum nur
dieser Hass?

Die Energie
des Hassenden
lädt lediglich
den Gehassten
mit Bedeutung auf.

Warum also
dieser Hass?

Warum nicht
mehr Gleichgültigkeit?

Gedicht ohne uns

Die Kothe entspringt am Rand des Friedersdorfer Waldes
und mündet bei Neusalza-Spremberg in die Spree.

Die Seltenrein entspringt am Fuße des Bubenik
und mündet in der Löbauer Gemarkung Tiefensee in das
Löbauer Wasser.
Das Rosenhainer Wasser mündet bei Kleinradmeritz in das
Löbauer Wasser.
Das Buchholzer Wasser mündet bei Wasserkretscham in das
Löbauer Wasser.
Das Kotitzer Wasser entspringt am Osthang des
Richterberges
und mündet am Eisenberg bei Guttau in das Löbauer Wasser.
Das Alte Fließ mündet bei Lömischau in das Löbauer Wasser.
Das Löbauer Wasser entsteht im Löbauer Ortsteil Ebersdorf
im Liebesdörfel
durch den Zusammenfluss
des Großschweidnitzer Wassers und des Cunnersdorfer Wassers
und mündet bei Guttau in die Spree.

Der Schwarzgraben und die Raklitza
fließen als rechte Nebenflüsse dem Weißen Schöps zu.
Der Weiße Schöps entspringt im Norden des Großen
Nonnenwalds
und mündet bei Kringelsdorf in den Schwarzen Schöps.

Der Schwarze Schöps entspringt in der Gemeinde Sohland
am Rotstein
und mündet bei Sprey in die Spree.

Der Breite Graben mündet im südlichen Ortsteil von
Mulkwitz in die Struga.
Die Struga entspringt im Westen von Weißwasser
und mündet nördlich des Dorfes Neustadt in die Spree.

Die Lomschanke mündet in die Kleine Spree.
Die Kleine Spree zweigt am Verteilerwehr zwischen Klix
und Spreewiese
vom Hauptlauf der Spree ab
und mündet schließlich in Spreewitz wieder in die Spree.

Die Tzuschka mündet in die Malxe.
Die Gusnitza, aus der Gosdaer Heide kommend, mündet
in die Malxe.
Der Preschener Mühlbusch mündet in die Malxe.
Der Preschener Quell mündet in die Malxe.
Die Malxe entspringt am Fuß des Hohen Berges bei Döbern.
Der Unterlauf der Malxe mündet im Spreewald in den
Nordumfluter
und damit in die Spree.

Das Kleine Fließ mündet in das Große Fließ.
Das Eichenfließ mündet in das Große Fließ.

Das Nordfließ mündet in das Große Fließ.
Die Polenzoa mündet in das Große Fließ.
Das Große Fließ entsteht östlich von Fehrow
durch den Zusammenfluss der Malxe und des Hammergrabens
und mündet zwischen Lübben und Lübbenau
über den Burg-Lübbener Kanal in die Spree.

Das Vetschauer Mühlenfließ entspringt in den Luckaitzer Bergen
im Niederlausitzer Landrücken
und mündet beim Kossateich bei Raddusch in den Südumfluter
und damit in die Spree.

Die Berste entspringt in mehreren Quellbächen
am nordöstlichen Rand des Lausitzer Grenzwalls
und mündet nördlich von Lübben in die Spree.

Der Rote Nil beginnt am Übergang aus dem A-Graben Nord
und mündet in den Umflutkanal, einen Seitenarm der Spree.

Die Oelse entspringt dem Möschensee bei Groß Muckrow
und mündet in Beeskow in die Spree.

Das Lange Elsenfließ mündet in der Altstadt von Altlandsberg
in das Neuenhagener Mühlenfließ.
Die Zoche mündet in Dahlwitz-Hoppegarten
in das Neuenhagener Mühlenfließ.
Das Neuenhagener Mühlenfließ

entspringt als Mühlenfließ nord-östlich von Berlin
im Altlandsberger Ortsteil Wegendorf
und mündet in Berlin-Köpenick in die Spree.

Die Dahme entspringt südöstlich der gleichnamigen Kleinstadt
Dahme
und mündet in Berlin-Köpenick in die Spree.

Die Wuhle entspringt
auf der Grundmoränenhochfläche des Barnim bei Ahrensfelde,
nahe der Stadtgrenze von Berlin,
und mündet gegenüber von Spindlersfeld in die Spree.

Die Dranse entspringt im mittelalterlichen Waldgebiet
Eichwerder
und mündet in Zepernick in die Panke.
Die Laake mündet in die Panke.
Die Panke entspringt bei Bernau
und mündet in Berlin in die Spree.

Die Spree entspringt im Oberlausitzer Bergland
nahe der Grenze zu Tschechien
und mündet in Spandau in die Havel.

Die Havel entspringt in der Mecklenburgischen Seenplatte
im Diekenbruch bei Ankershagen
und mündet bei Gnevsdorf

an der Grenze zwischen Brandenburg und Sachsen-Anhalt
in die Elbe.

Die Havel hat mindestens neun Nebenflüsse,
und diese neun Nebenflüsse
haben gewiss noch einmal so viele Zuflüsse.
Doch dieses System ebenfalls zu beschreiben,
würde den Rahmen dieses Gedichtes sprengen.

Endstation Anthropozän

man kann nicht mehr viel machen
vielleicht noch ein paar Gedichte schreiben
und sie anschließend irgendwo hinschicken
in der Hoffnung, dass sie irgendjemandem gefallen
die Hoffnung stirbt ja bekanntlich zuletzt
doch im Grunde stimmt das nicht
die Hoffnung stirbt mit Sicherheit nicht zuletzt
denn dafür müsste die Hoffnung erst einmal am Leben sein
doch die Hoffnung ist nicht am Leben
sie wurde ja noch nicht einmal geboren
und wer sollte sie auch geboren haben?
doch wie dem auch sei
man kann vielleicht noch ein paar Gedichte schreiben
und sie anschließend irgendwo hinschicken
ja, das kann man vielleicht noch machen
und es kann ja auch gar nicht viel passieren
mehr als ablehnen und ignorieren
kann man diese Gedichte nicht

Was über die Dichterin Elke Erb erzählt wird

In ihrem Schloss würden fünfundzwanzig Kronleuchter brennen
Und drei Goldfische habe sie in ihrem Aquarium schwimmen
Und sie bekomme viertausend Mark für einen Vers
Und arbeite an sechs Zeilen ein Jahr
Und jeden Morgen könne sie sich nach dem ersten Ei auch noch
Ein zweites leisten ganz wie sie wolle ein Ei oder zwei

Namen und Zahlen für die kommende Revolution

Familie Reimann – 32 Milliarden Euro
Dieter Schwarz – 30 Milliarden Euro
Susanne Klatten und Stefan Quandt – 25 Milliarden Euro
Familien Albrecht und Heister – 23 Milliarden Euro
Familie Merck – 21,5 Milliarden Euro
Familie Henkel – 18 Milliarden Euro
Familie Theo Albrecht junior und Familie Babette Albrecht – 17,4 Milliarden Euro
Familie Heinz Hermann Thiele – 17 Milliarden Euro
Familie Brenninkmeijer – 14 Milliarden Euro
Familie Porsche – 13,5 Milliarden Euro

alle reden zu viel

alle reden zu viel
es gibt quasi niemanden mehr,
der einfach nur schweigt
immer muss etwas gesagt werden
immer muss jemand sprechen
dabei gibt es überhaupt nichts zu sagen
zumal das Sagen ja sowieso immer andere haben
so, wie auch andere immer schuld sind
nur man selber hat immer recht
doch Recht haben und Recht bekommen
sind bekanntlich zwei Paar Schuhe
also redet man
also wird gesprochen
und alle sprechen
und immer ist es zu viel
immer ist es mehr als genug
zumal es ja auch überhaupt nicht aufhört
zumal es immer irgendwie weitergeht
aber letztlich geht ja alles immer irgendwie weiter
und deshalb stirbt man ja auch
denn würde irgendetwas zwischendrin aufhören,
käme man nicht bis zum Tod
dann könnte einem der Tod letztlich sogar egal sein
aber der Tod ist einem nicht egal
sonst würde man ja nicht ständig reden

und alle reden
und immer es zu viel
immer ist es mehr als genug
es hört einfach nicht mehr auf
das hat man nun von der sogenannten Meinungsfreiheit
jeder Idiot äußert sich
so wird die Dummheit immer weiter verbreitet,
bis es am Ende nur noch die Dummheit gibt
aber irgendetwas muss ja am Ende übrig bleiben
sonst hätte ja der Tod nichts mehr zu tun
sonst müsste sich der Tod am Ende ja noch selbst umbringen
doch der Tod bringt sich nicht selbst um
nein, das macht er sicher nicht
dafür ist er dann doch zu intelligent
also tötet er lieber die Dummheit
aber es gibt zu viel Dummheit in der Welt
und vor allem: es wird zu viel geredet
und alle reden zu viel
das ist ja das Schlimme
es gibt niemanden mehr,
der einfach nur schweigt
es sei denn, er ist tot
doch wenn die Toten es sich aussuchen könnten,
würden sie nicht schweigen
dann würden sie wie die Lebenden ununterbrochen reden
sie würden dann zum Beispiel darüber reden,
wie es sich anfühlt, tot zu sein

doch letztlich würde das auch nichts ändern
letztlich würde alles so bleiben,
wie es jetzt bereits ist
denn es wird einfach zu viel geredet
und alle reden zu viel
dabei weiß man ja noch nicht einmal, warum
aber vielleicht redet man ja auch nur deshalb zu viel,
gerade weil man es nicht weiß
und irgendetwas muss man ja auch tun
denn zu tun gibt es schließlich genug

Entscheidung

es geht mir gut
sodass ich eigentlich
gar nicht schreiben möchte
und deshalb höre ich jetzt besser auf
bevor mir dieses Gedicht hier noch
meine gute Laune verdirbt

die kleinen Freuden
eines sogenannten Kulturschaffenden

ich liebe nichts
und niemanden
aber ich mag
den Samstag
und ich mag
den Montag

der Samstag
ist der Tag
an dem noch
immer nicht
in den Büros
gearbeitet wird

und der Montag
ist der Tag
an dem sich
keine Rechnungen
und Mahnungen
im Briefkasten finden

ich könnte auch
den Sonntag mögen
aber ich mag nun mal

ausschließlich
den Samstag
und den Montag

den Samstag mag ich
und den Montag
den mag ich auch
doch wie gesagt
ich liebe nichts
und niemanden

Der Simon-Dach-Kiez in Berlin-Friedrichshain während des zweiten Lockdowns

Hallo Ihr Lieben,
Willkommen liebe Gäste!
Wir sehen uns im Dezember.
Liebe Freunde,
Liebe Kundinnen und Kunden,
Aufgrund der Corona-Auflagen bleibt unser Laden geschlossen.
Das Lichtspiel ist aus!
Aufgrund der momentan herrschenden Corona-Pandemie bleiben wir bis auf weiteres geschlossen.
Sehr verehrte Kundschaft,
Liebe Gäste,
Das Kürbiskern benötigt Eure Hilfe!
Liebe Nachbarn,

erneut steht uns eine große Herausforderung bevor.
Wir freuen uns sehr, Sie wieder bei uns begrüßen zu dürfen!
Vielen Dank!♥
aus aktuellem Grund ändern wir bis auf Weiteres unsere Öffnungszeiten:
die Regierung hat als Corona-Maßnahme eine Mehrwertsteuersenkung für den Zeitraum vom 01.07.2020 bis zum 31.12.2020 beschlossen.
Euer Wgnm
2. Lockdown ab 2. November

Wir bitten um Ihr Verständnis in Bezug auf unseren selbstgewählten Lockdown und wünschen Ihnen und Ihren Familien viel Gesundheit.
unser wichtigster Auftrag ist der Schutz Ihrer Gesundheit.
Bitte beachten Sie, dass der Aufenthalt in einer gastronomischen Einrichtung nur alleine, in Begleitung von Personen des eigenen Haushalts oder Angehörigen eines weiteren Haushalts erlaubt ist.
Da wir als Gaststätte stark unter der Pandemie leiden, benötigen wir Eure Unterstützung!
Shut Happens!
Wollt Ihr, dass es Eure Lieblingsrestaurants nächstes Jahr noch gibt?

Aufgrund des bevorstehenden »Lockdown Light« dürfen wir leider keine Gäste mehr bei uns empfangen.
Der Schutz unserer Gäste und Mitarbeiter ist uns sehr wichtig.
Bleibt gesund, Nachbarn!
Mo. - Sa.: 10 - 22 Uhr
Die Mehrwertsteuer wird in dieser Zeit von 19 % auf 16 % und von 7 % auf 5 % gesenkt.
Zudem wollen wir Sie ausdrücklich darauf hinweisen, dass jeglicher Einbruchsversuch vollkommen zwecklos ist, da sowohl alle Lebensmittel als auch Geld oder andere Wertgegenstände nicht mehr hier vor Ort sind.
Als Gaststätte haben wir gegenüber unseren Kunden eine ganz besondere Pflicht, der Verbreitung des Corona-Virus entgegen-

zuwirken und Ansteckungen möglichst zu verhindern.
Vielen Dank für Ihr Verständnis.
Aufgrund behördlicher Auflagen sind wir ab dem 01.11.2020 bis zum 30.11.2020 geschlossen.
Ihr könnt uns ab jetzt über Paypal Spenden zukommen lassen!
Die Spielweise ist leider geschlossen.
Um Restaurants in Zeiten von Corona zu unterstützen, könnt Ihr die App DiscoEat nutzen, damit diese in den Nebenzeiten ihre leeren Tische füllen können und somit mehr Umsatz machen.

Dies hält uns aber nicht davon ab, Euch weiterhin mit leckeren Speisen zu versorgen.
Mit Sorgfalt in allen Bereichen und strenger Hygiene werden wir unserer Mitverantwortung für die Eindämmung des Coronavirus gerecht.
♥♥♥ Liebe Liebe ♥♥♥
Sonntag: geschlossen
Liebe Alle!
Der Corona-Lockdown und seine Folgen haben uns alle in unterschiedlicher Art und Weise getroffen.
Vielen Dank für Ihr Verständnis und auf ein baldiges Wiedersehen im pizza papà pane!
Um Ihre Gerichte abzuholen, achten Sie bitte beim Eintritt darauf, dass Sie Menschenansammlungen vermeiden.
Ihr Habana-Team
In dieser Zeit beliefern wir Euch gerne oder Ihr könnt

Euch was zum Abholen bestellen.
Scannt unten den QR-Code oder gebt den Link in den Browser ein.
Liebe Alle,
Ihr bekommt einen Rabatt abhängig von der Uhrzeit und entdeckt neue Restaurants in Eurem Kiez.
Liebe Gäste,

Gemeinsam können wir auch diesmal die Krise meistern und würden uns über Eure Unterstützung sehr freuen.
Bitte unterstützen Sie uns dabei und halten Sie die Verhaltensregeln konsequent ein.
Aufgrund der Covid-19-Verordnungen des Landes Berlin bieten wir nur eine reduzierte Anzahl an Tischen an.
Während des Lockdowns sollt Ihr nicht auf unsere Pizza und Pasta verzichten.
Daher möchten wir Ihnen die Entscheidung überlassen, ob Sie den Rabatt in Anspruch nehmen wollen oder ihn uns überlassen.
Liebe Gäste,
Halten Sie bitte den Mindestabstand von 1,5 m und die Maskenpflicht ein.
Wir sind dann Mo - Sa in der Zeit von 14 bis 22 Uhr für Euch da!
https://paypal.me/pools/c/8uiv????KW
aufgrund der beschlossenen Teil-Lockdown-Maßnahmen vom 28. Oktober wird die Spielwiese vom 2. bis 30.

November die Türen schließen.
Also eine Win-Win-Situation für alle!
angesichts der aktuellen Entwicklungen rund um das Coronavirus bleibt die Blechbilderbar bis Ende des Monats geschlossen.

Ab Montag, den 02.11.2020 haben wir für Euch von 12^{00} - 21^{00} Uhr geöffnet.
Mit Ihrer Umsicht schützen Sie sich selbst, die anderen Gäste und Ihre Gastgeberinnen und Gastgeber!
Wir bitten um Reservierung vorab.
Lasst Euch von Wolt und Kolyma2 beliefern oder kommt zur Abholung vorbei.
Konkret bedeutet dies, dass bei uns die Preise nicht geändert sind und wir Ihnen an der Kasse einen entsprechenden Rabatt verrechnen.
wegen des Corona-Lockdowns schließen wir unser LEMONGRASS für ein paar Tage und renovieren die Türen.
Mit freundlichen Grüßen
Sehr verehrte Kundschaft,
Bestellen könnt ihr unter folgenden Kontaktmöglichkeiten:
Wir freuen uns über jede Spende!
Wir hoffen, Euch im Dezember wieder begrüßen zu können.
Nehmt Euch einen der Codes mit und spart 5 €* auf Eure Getränke!
Wir hoffen auch, dass wir zum 01.12. wieder öffnen dürfen.
Vorerst nur zur Selbstabholung.

Due to Covid-19 regulations we only offer a reduced number of seats.
Lemon ist in der Lockdown-Zeit auch noch da.
Vorbestellung unter 030 98438045
Sie sparen also bei einem Einkauf von 10 Euro entweder 0,30 Cent oder 0,20 Cent.
Liebe Gäste!
Wir werden bald zurückkommen und Euch wieder leckeres Thai Food zubereiten.
Ihr An An Team
unser wichtigster Auftrag ist der Schutz Ihrer Gesundheit.
Tel.: 030 292 64 57
Kommt gut durch und bleibt gesund!
#supportyourlocal :-)
Wir halten Euch auf dem Laufenden.

Gerne könnt Ihr auch anrufen und vorbestellen unter 030 29003929.
Please make a reservation!
Kommt vorbei!
Bleiben wir zusammen gesund und positiv.
Wenn Sie den Rabatt in Anspruch nehmen wollen, geben Sie bitte an der Kasse kurz Bescheid.
Wir sind weiterhin für Sie da!
Danke für Euer Verständnis.
Als Gaststätte haben wir gegenüber unseren Kunden eine ganz besondere Pflicht, der Verbreitung des Corona-Virus entgegen-

zuwirken und Ansteckungen möglichst zu verhindern.
Whatsapp: 01609494473 ISI
Dear all,
Bleibt gesund.

Bleibt gesund und passt auf Euch auf!
weinbar-berlin.com
Öffnungszeiten: 11:00 – 21:00
Opening hours
Ihre Schwesterherz
Liebe Gäste,
Aufgrund der neuen Corona-Einschränkungen werden wir ab dem 02. November Speisen und Getränke ausschließlich zum Mitnehmen anbieten.
Bis bald!
Treten Sie bitte einzeln ein, um Ihre Gerichte abzuholen.
01777806455 CAN
due to the partial lockdown measures decided on October 28th, we will close Spielweise from 2nd to 30th of November.
Bis bald.

Eure Nyom Crew
Unser Verkauf geht weiter.
+49 30 22600377
Vorbestellen zur Abholung / Pick Up: 030 61632011
Tue – Fri: 16:00 – 22:00
aufgrund der neuen Corona-Bestimmungen bieten wir ab

dem 02.11.2020 nur noch Speisen zum Mitnehmen sowie Lieferungen an.
Wir freuen uns auf Sie. -:)
Bleibt gesund!
Mit freundlichen Grüßen
Instagram: zauberbar_kuerbiskern
We hope to see you again in December!
Blechbilderbar-Team

#stayhealthy #supportyourlocal
Ab jetzt nur noch Außer-Haus-Verkauf
info@noble-rot.berlin
Lieferung/Delivery: Wolt
Sat – Sun: 14:00 – 23:00
ARTliners Berlin ist wegen der Corona-Auflagen im November geschlossen.
Euer Jaffa-Team
Ihr Asia Wok-Team
LEMONGRASS Team
Ihr An An Team
Facebook: facebook.com/kuerbiskern
Stay safe and healthy!
02.11.2020

eine Lüge

dieses Gedicht
reimt sich nicht

Weitere Antworten auf eine Selbstbefragung von Christine Sohn

der Zufall ließ mich entstehen
(man könnte es auch einen Unfall nennen)
gezeugt hat mich die Konterrevolution
ein entspannter Tod ist mein Ziel
ein Alptraum ist meine Heimat
Nichtstun ist meine Arbeit
neue Leute kennenzulernen mein einziges Hobby
Atheismus heißt meine Religion
meine politische Einstellung geht niemanden etwas an
(am allerwenigsten mich selbst)
alle vergessenen Dichter sind meine Vorbilder
Gott wohnt nirgendwo
(denn dafür müsste ihn jemand gezeugt oder geboren haben)
ich stehe im Licht
(das heißt: ich werfe einen Schatten)
die Sprache ist meine einzige Lehrerin
sie lehrte mich, dass man vergessen muss, um sich erinnern
zu können
aber ich tue nur so, als ob …
denn schließlich geht es auch ohne mich weiter
(ganz gleich, ob ich nun da bin oder nicht)
Orange ist meine Lieblingsfarbe
(es ist die Farbe der Müllabfuhr und der Bergwacht)
einen Lieblingsgeschmack habe ich nicht

(offensichtlich bin ich noch nicht bürgerlich genug)
mein Lieblingsgetränk aber ist Leitungswasser
und irgendeine vegetarische Pizza ist mein Lieblingsgericht
Nicht-Denken ist meine Lieblingsbeschäftigung
(denn wer denkt, denkt unweigerlich auch an das Ende
und es ist doch einigermaßen schön hier
trotz aller Zerstörung)
meine Lieblingsjahreszeit ist immer die nächste
(denn eigentlich ist es jetzt schon fast wieder zu warm)
die Katze ist mein Lieblingstier
(und zwar *meine Katze*;
denn zu anderen Katzen habe ich keinen Kontakt)
eine Lieblingspflanze habe ich nicht
und ein Lieblingsorgan habe ich auch nicht
Warmherzigkeit ist meine Lieblingstugend
und mein Lieblingslaster ist Faulheit
Fußball ist mein Lieblingsspiel
mit dem Begriff Kampfeinheit kann ich jedoch nichts anfangen
und deshalb kann ich auch keine Bewaffnung nennen
und es gibt auch keinen Kampfnamen
ich kämpfe allenfalls gegen mich selbst
(das ist aber auch schon alles)
mein Terrain ist meine Wohnung
würde ich Urlaub machen, würde ich ihn in meiner Wohnung
verbringen
Gesellschaftsformen interessieren mich nicht
(Menschen lassen sich sowieso nicht ändern)

meine Krankheit bin ich selbst
Sex und Masturbation sind meine Sportarten
mein Körper ist mein Musikinstrument
Angst habe ich lediglich vor der Angst
(oder vor dem Sterben
oder vor dem Tod)
gegen die Angst helfen hin und wieder Gedichte
(sofern es nicht meine eigenen sind)
ich wünsche mir augenöffnende Liebe
(und wie gesagt: einen entspannten Tod)

Relativierung 2020

Für den »Tagesspiegel«
bin ich »der interessanteste
noch lebende Lyriker Deutschlands«.
Doch diese Aussage
bedeutet überhaupt nichts.
Denn alle anderen Zeitungen
behaupten nichts Vergleichbares
über mich.

was noch zu sagen wäre

ich habe die Pflaumen
ausgeschieden,
die ich gegessen hatte

sie waren offenbar
weit weniger köstlich,
als ich dir gesagt hatte

doch dafür habe ich jetzt
wieder Platz in mir –
für alles, bis auf Pflaumen

was es sein könnte

nach Kai Pohl und Lars-Arvid Brischke

es könnten Augen sein
    aber es ist der Tod
es könnte Licht sein
    aber es ist der Tod
es könnten Hände sein
    und keine Not (etwas zu tun)
es könnte Wind sein
    aber es ist der Tod
es könnten Häuser sein
    aber es ist der Tod
es könnten Bäume sein
    aber es ist der Tod
es könnte Himmel sein
es könnte Schnee sein
es könnten Kinder sein
    oder auch Enkelkinder
es könnten Herzen sein
    Gras, Tiere, Haare
es könnte Zeit sein
    Zeit, die nie vergeht
es könnten Fenster sein oder auch nur Haut
    denn ohne Haut
    geht letztlich gar nichts

es könnte Tag sein
　　aber es ist der Tod
es könnte Nacht sein
　　aber es ist der Tod
es könnten Worte sein
　　Hunde, Köpfe, Seen …
es könnten Wege sein
　　aber es ist der Tod
es könnten Meere sein
　　und alles wäre wieder gut
　　aber egal
es könnten Spuren sein
es könnte Sand sein
　　Sand von wo auch immer
es könnte Luft sein
　　oder auch nur ein Lüftchen
　　aber es ist der Tod

es könnte Wasser sein
　　solange es noch Wasser gibt
es könnte Schatten sein
　　Vögel oder Wälder
　　Steine oder ganze Wände
es könnten Ränder sein

es könnte Schlaf sein
　　Schlaf ist nicht der Tod

so wie der Tod kein Schlaf ist
aber egal
es könnten Blicke sein
Sonne, Mond und Sterne
die Welt ist eine Wolke
es könnten Gärten sein
Männer, Körper, Bilder
es könnten Zähne sein
aber es ist der Tod
es könnten Straßen sein
die nirgendwo hinführen
(außer zu sich selbst)
am Ende könnten es sogar
irgendwelche Farben sein
es könnten aber auch Lippen sein
von mir aus sogar Schamlippen
es könnte Winter sein
ein Winter, wie er früher einmal war
es könnte Gott sein
es könnten Tische sein
die Tische des Todes
es könnten Füße sein oder Wurzeln

es könnte Glas sein
aber es ist der Tod
es könnten Schuhe sein
ja, Schuhe könnten es sein

es könnten aber auch Gesichter sein
und keine Träume
in denen Regen fällt
es könnten Blüten sein
es könnte Holz sein
in das man seinen Namen ritzt
es könnten Abende sein
es könnte Schweigen sein
es könnten Türen sein
oder auch nur Fell
es könnten Briefe sein
frankiert oder unfrankiert
es könnten Stimmen sein
aber es sind die Stimmen des Todes
es könnten Löcher sein
es ist aber ein komplettes Zimmer
das mich umgibt
und mich nicht loslässt
so wie der Tod
der nicht irgendein Tod ist
sondern mein eigener

Inhalt

Artaud ist tot 9

Freude über das Nichtsein 12

Versuch eines Selbstporträts 13

die Rationen des Nein 14

die Leute 15

Arbeitsnachweis II 17

Klassengesellschaft 18

noch ein Gedicht 19

Ein Mainstream-Gedicht 22

Rolf Dieter Brinkmann hätte das Rolf-Dieter-Brinkmann-Stipendium nie erhalten 23

Sex 25

netter Versuch 28

(Fragmente zu einem) Alltagsgedicht 29

Erinnerungen an Friederike Mayröcker 32

H. C. Artmann für Deutsche 33

Nichts Neues (II) 34

Statt eines Nachrufs 35

Kurz-Vita mit Ausblick 36

warum tue ich mir das ganze eigentlich an? 37

der Aufstand 38

es kommt immer anders 43

warum sich dieses Gedicht behaupten wird, auch wenn es nicht gut ist 44

das Leben eines alten, weißen, heterosexuellen Mannes im Jahr 2021 45

So sieht es aus 46

die Rettung 47

zwei Probleme 49

Guten Tag, 50

drauf geschissen 51

Verwirklichung eines Traums 54

Mein Leben von A bis Z 55

jemand sagt etwas 56

Krisenbewältigung eines Feiglings 60

(das Gute) 61

wir schaffen das 62

der Dichter der Zukunft 63

das wird man doch wohl noch sagen dürfen 64

die Welt und ich 68

sorry, but not sorry 69

soziales Gedicht 70

Einmal genauer hingeschaut 71

Fortschritt 74

Poesie 2.0 75

wir müssen reden 76

kein Drama 80

Narrativ 81

was der Dichter Kai Pohl sagt 83

frei nach Heiner Müller 84

das Manifest des Mainstreams 85

Business as usual [short version] 86

Schneegedicht 87

Die Ruhe vor der Revolution
(Medea Mantra Nr. 030 5555 44 - 2222) 88

Worksong 92

eine Katze 93

Was für ein Gedicht bin ich? 94

die drei Möglichkeiten 95

die Notwendigkeit von Bier 96

Was ich gerade mache 97

geschenkt 98

am Ende des Winters 99

Deutsch als Muttersprache (DaM) 100

übrigens 102

Apropos CO2-Ausstoss 103

Widerstand heute 105

wie zu erwarten war 106

Nachruf auf eine Jahreszeit 107

sich treu geblieben 108

Kneipengedicht 109

Meine Langeweile und ich 110

Umsetzung von Art. 5 Abs. 3 GG 111

woran man merkt, dass es allen zu gut geht 112

die Freiheit des subkulturellen Dichters 113

mein Vater, Berlin-Friedrichshain und ich 114

Ein schlechtes Gedicht 115

das Gegenteil ist auch wahr 116

Kein Berlin-Gedicht 117

ich bin konservativ 118

was es braucht für eine Revolution 119

4-3-3 120

damals (im Zeitalter der Dekonstruktion) 121

decrescendo 122

der Weg in die Normalität 123

Fortsetzung einer Umarmung 124

Die Rache 125

die Einen und die Anderen 126

das Ende der Naturlyrik 127

wie man durch die Krise kommt 128

was uns korrumpiert (hat) 129

ein kurzer Text über die Liebe 130

Mehr Gleichgültigkeit 133

Gedicht ohne uns 134

Endstation Anthropozän 139

Was über die Dichterin Elke Erb erzählt wird 140

Namen und Zahlen für die kommende Revolution 141

alle reden zu viel 142

Entscheidung 145

die kleinen Freuden eines sogenannten Kulturschaffenden 146

Der Simon-Dach-Kiez in Berlin-Friedrichshain während des zweiten Lockdowns 148

eine Lüge 156

Weitere Antworten auf eine Selbstbefragung von Christine Sohn 157

Relativierung 2020 160

was noch zu sagen wäre 161

was es sein könnte 162